美术学院 素描
几何体 ②

亲密接触名校系列丛书

素描工具材料：

笔：

绘图铅笔、碳笔、钢笔、毛笔、色粉笔等。

常用：绘画铅笔，铅笔可分为 B 型和 H 型两种。铅笔有很多型号，如：2H、HB、B、2B 等，不同型号有着不同的作用。

纸：

素描纸、卡纸、有色纸等，最为常用的是素描纸。

画板：

有背带型布画夹、木板型画板，不同规格大小视具体使用情况而定。初学者多用 8 开式或 4 开，背带型画夹较佳，因为携带方便，也便于保存作品。

橡皮：

白条橡皮、可塑橡皮（橡皮泥），二者各有长短，白条橡皮多用来擦，橡皮泥多用于粘。

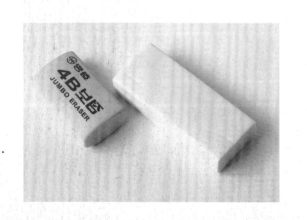

常见姿势

刻画细节时姿势

作画姿势：

站姿

要求身体与画板有一手臂的距离，这样便于作画和把握整幅画面。画板的中心与视线基本水平。画架摆放与身体成一定的角度，以免在正前方影响观察视线。

坐姿

左臂平伸轻握画板，将其放在膝盖稍上腿面处，轻松自然，眼睛应方便地看到整幅画面。

握笔姿势：

（见左图）

认识明暗：

素描立体感的塑造，主要是借助于受光线影响所产生的明暗关系。一般情况，侧光时物体的明暗关系明显些，表现起来就相对容易，这是最常见的受光方式（也是初学者最容易表现的方式）。当正面受光或逆光，表现起来就有很大难度了。

逆光

平光

侧光

三大面五大调子

光线照在物体上呈现的明暗关系是复杂而细腻的，认识三大面五大调子
是理解复杂明暗关系的前提，任何一组复杂的光影效果都是以此为基础。

三大面分为：亮面、灰面、暗面。

五大调子为：明暗交界线、亮面、暗面、投影、反光。

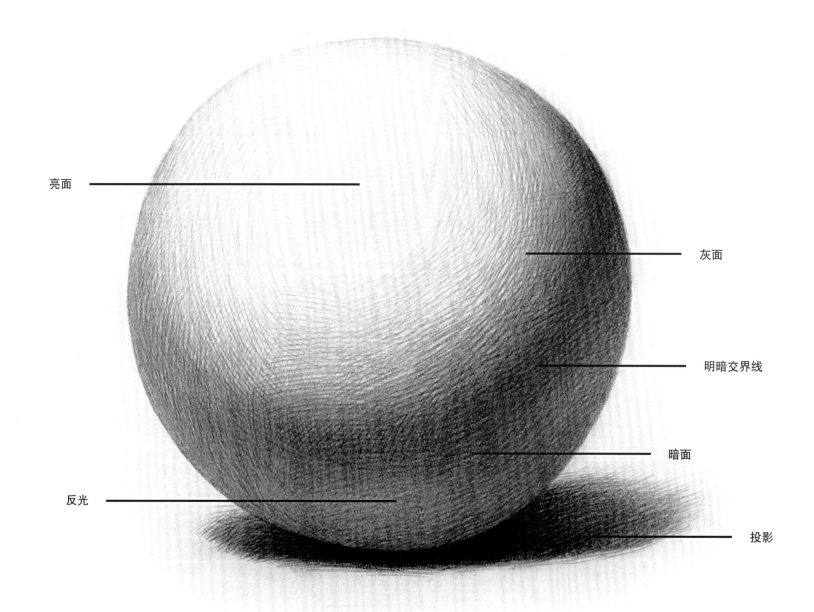

亮面

灰面

明暗交界线

暗面

反光

投影

习惯是一条巨缆，我们每天编结其中一根线，到最后我们无法弄断它。

步骤一：

    首先要仔细观察石膏几何体，确定画面的构图，不要将正方体安排在画面的正中。起稿时用铅笔轻轻勾画出其轮廓线，画出正方体各个面的位置，要注意各个面之间的比例和透视关系，台布也适当地重点交代。

步骤二:

   确定形体关系后,先画它的暗部、灰面,把大的明暗关系铺出来。立方体的各个面转折都是直角的,所以它的明暗交界线非常
明显,很适合初学者学习和理解。要注意物体是有空间感的,近实远虚的空间变化要把握好。

学习素描，就是要学会正确的观察。

要点：几何体简洁时，台布就可适当地繁复些，可取得相互映衬的效果。

步骤三：

　　边画边调整画面的大关系。亮面、灰面、暗面区分得更加明确，投影和反光的处理也是重点。表现衬布本身的质感及对主体的衬托关系，抓住整体的画面效果，不要一味地堆砌局部，明暗交界线的地方适当强调，使画面更加的有力、统一。

步骤一：

　　用铅笔画出圆球的外形，构图靠上一些显得稳定，可用中间画辅助线的办法使其形更加对称规则。

缺乏激情的艺术家好似没有颜料的画家。

步骤二：

从明暗交界线处开始铺调子，投影同时画，在这幅画中投影比交界线处的调子深。

步骤三：

深入地刻画球体，表现其暗部的反光可使空间感更强更透明。

素描写生的方法与步骤是从整体到局部再回到整体的过程。

要点： 圆球交界线的明暗随着形体转折有深有浅地变化。

步骤四：

画球体的亮面、灰面时，可用2H等硬一些的铅笔更易控制色调的明度和细腻，处理圆球的边缘线也要有体积意识。

王超 作

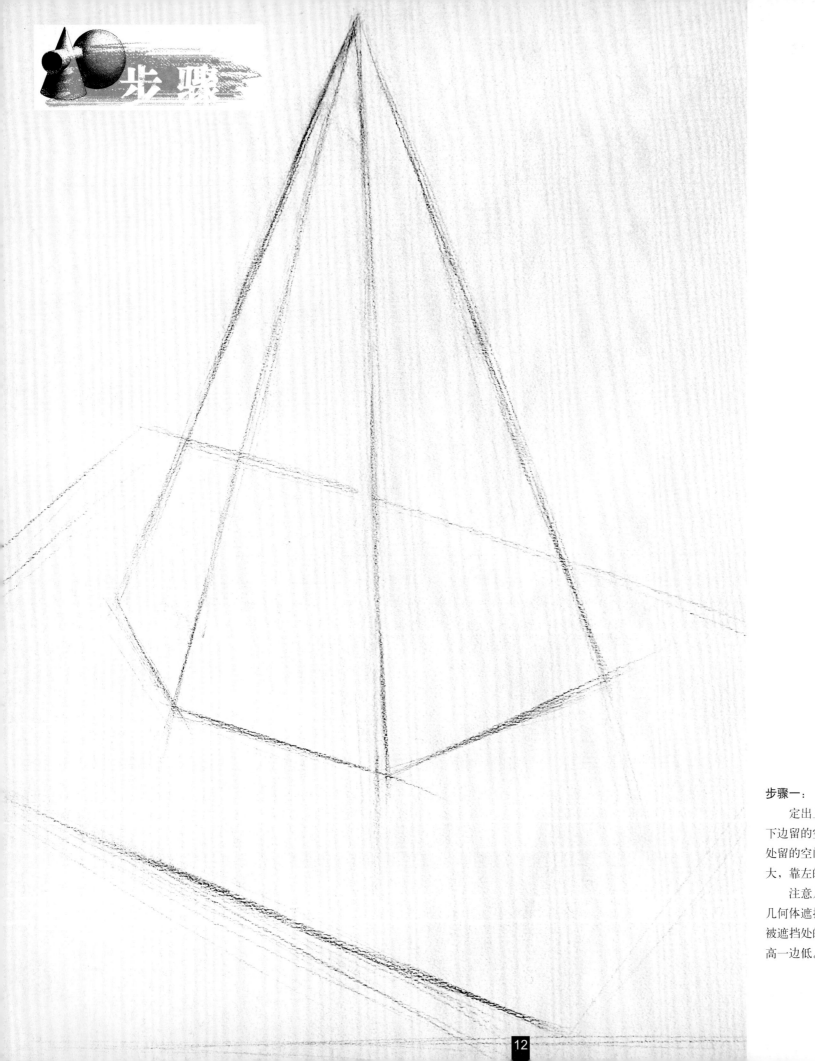

步骤一：

　　定出上、下两个点，确定几何体的高度，下边留的空间多些。再定左、右两个点，受光处留的空间大些。注意中间的三角形面积最大，靠左的一个三角形面积最小。

　　注意几何体与桌面的透视关系，将桌子被几何体遮挡住的边线连贯画出，再用橡皮擦去被遮挡处的辅助线，这样可防止桌面画得一边高一边低。

艺术的真正使命就是使感情成为可见的东西。

步骤二：

  依次铺出几何体的暗面、灰面以及桌面的明暗层次。暗面不是暗成一片，从里、外，从上到下色调是有深浅变化的。投影注意近实远虚的处理。

步骤三：
　　画台布时要跟几何体的质感有区别，台布可画得变化丰富、柔软些，也要画出它的纵深感。贴近几何体亮面的背景画得暗些，贴近暗面的背景画得稍亮一些。

要点：将三角椎、台布、背景的暗面由深到浅排序，依次进行刻画。

步骤四：

最后，整体把握效果，做局部的调整。最终，几块大的色层要区分开，整幅画面生动、完整。

于佳音　作

要点：把看不见的面，理解着用虚线画出来，可使形体画得更加准确。

步骤一：

　　用直线画出几何体的轮廓，确定大的比例关系，注意结构的变化和穿插关系。这是由三角体和长方体组合而成，相对于正方体和三棱椎形则要难一些，要仔细观察理解其中的规律。

步骤二：

　　先将物体亮面和暗面分开，画出大致的明暗关系，适当地画些背景，使画面更具空间感，同时投影要跟上画。

如果能够绘出性格与精神，那么你的画就是世界上最美的画。

张雁飞　作

步骤三：
　　深入地进行刻画。适当强调明暗线，使体积感更突出，加强背景明暗对比来衬托几何体。其反光、投影也要仔细观察刻画，以使其质感、空间感更加充分。对处理不好的局部做微调，同时衬布要画得有变化且概括。最终，几何体的明暗关系要显得既丰富又统一。

步骤一：

　　几何体结构素描主要通过线的形式表现对象的形体。在画面上通过线条的穿插等变化，形成结构素描独特的效果。尤其对于初学者在认识物体形体方面，结构素描是很有效的手段，能够使学习者对客观对象有一个更为本质的认识。先确定每个物体和彼此之间的比例关系，并轻轻地勾画出来，注意物体在画面中的构图。

艺术的伟大意义，基本上在于它能显示人的真正感情、内心生活的奥秘和热情的世界。

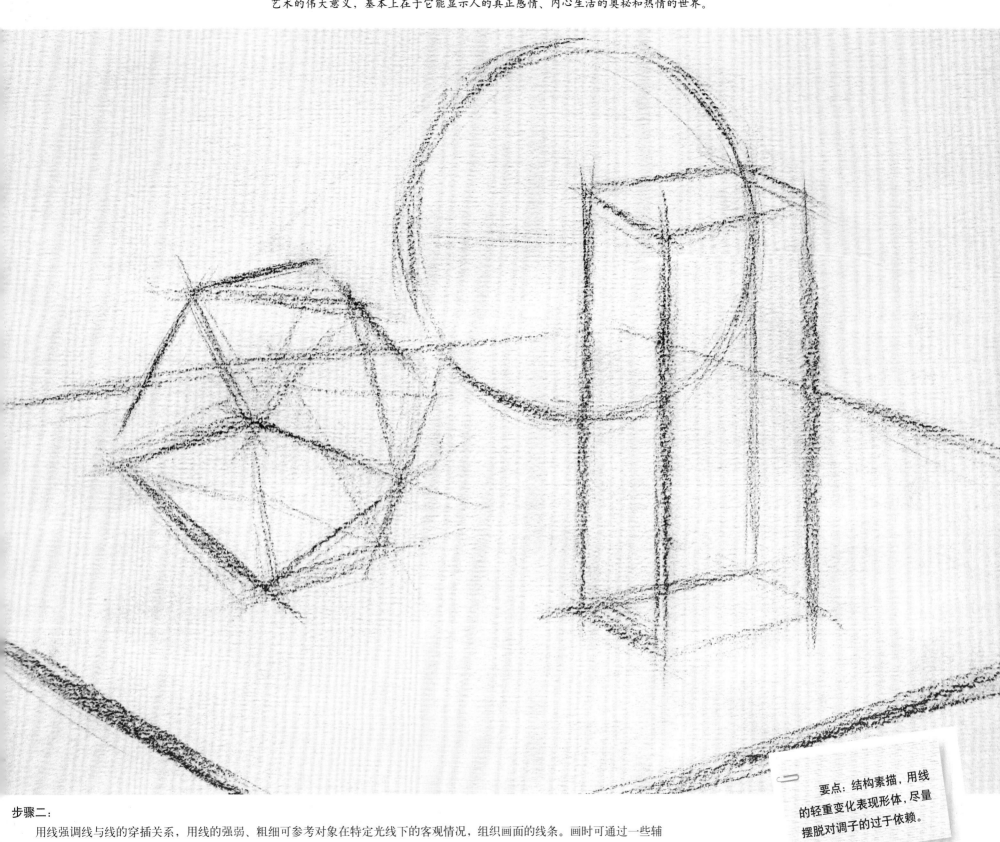

要点：结构素描，用线的轻重变化表现形体，尽量摆脱对调子的过于依赖。

步骤二：

　　用线强调线与线的穿插关系，用线的强弱、粗细可参考对象在特定光线下的客观情况，组织画面的线条。画时可通过一些辅助线来找准形。画出看不见的部分是为了更完整、更立体地认识形体。相对来说，看不见的部分，线就用得细一些、浅一些。

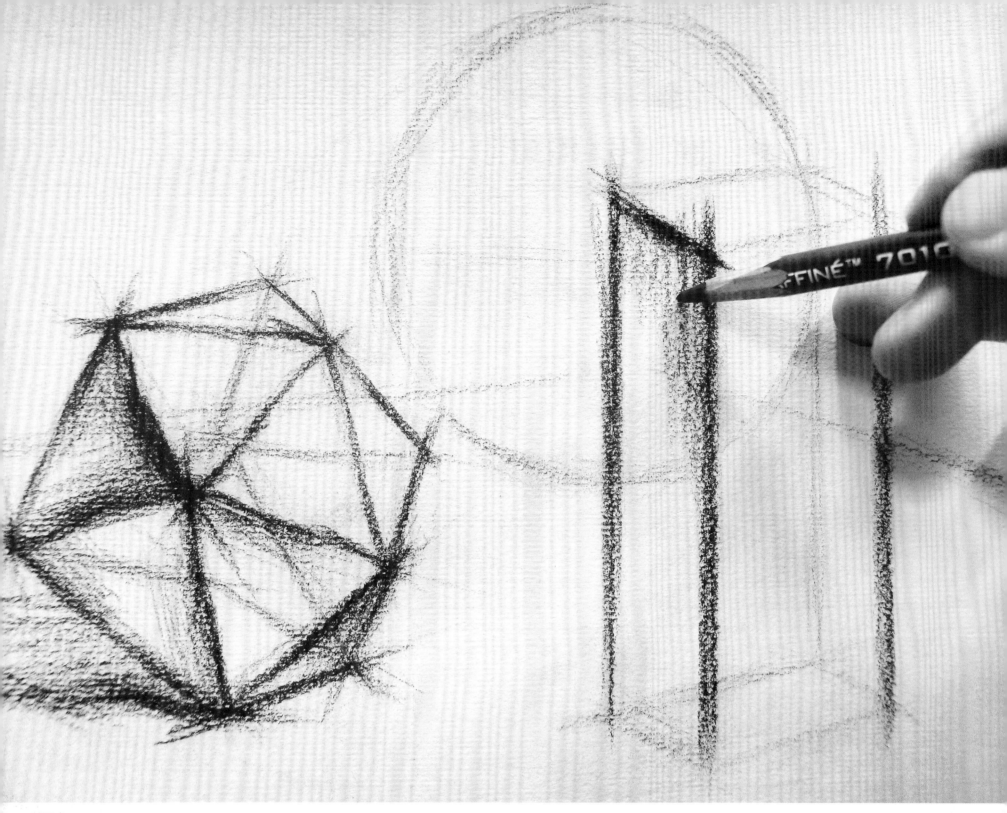

步骤三：

　　画到这一步时，一些该强调的结构，根据光线的效果把重点强调，使其突出出来。重点，是指一些关键的结构处和空间上靠前的部分。

我们的艺术应当比现实站得更高，应当使人不脱离现实又高于现实。

程竹 作

步骤四：

　　物体的暗部可略微有一点明暗，使画面效果更丰富，对物体的体积感也能有所暗示。多面体的线可短，变化多些；长方体的
线可长直，有力度些；而圆形用弧线多些。

步骤一：

确定物体的摆放位置，选好角度进行构图。用长直线表现出物体及彼此之间的比例关系，以及桌面的高度和角度。

真正的语言艺术总是朴素的，很生动，几乎是可以感触到的。

步骤二：
画出物体的暗部及投影，同时注意形体的把握。背景略带几笔，增添画面的氛围。

步骤三：

　　暗部的色调要重下去，加强中间色调的过渡，注意灰面之间的微妙变化。桌子面与背景区分开，立面处理得暗一些，平面处理得亮一些。

智者的坚定不过是把焦虑深藏于心的艺术。

要点：选择地使用纸张、擦笔、色粉可取得独特的效果。

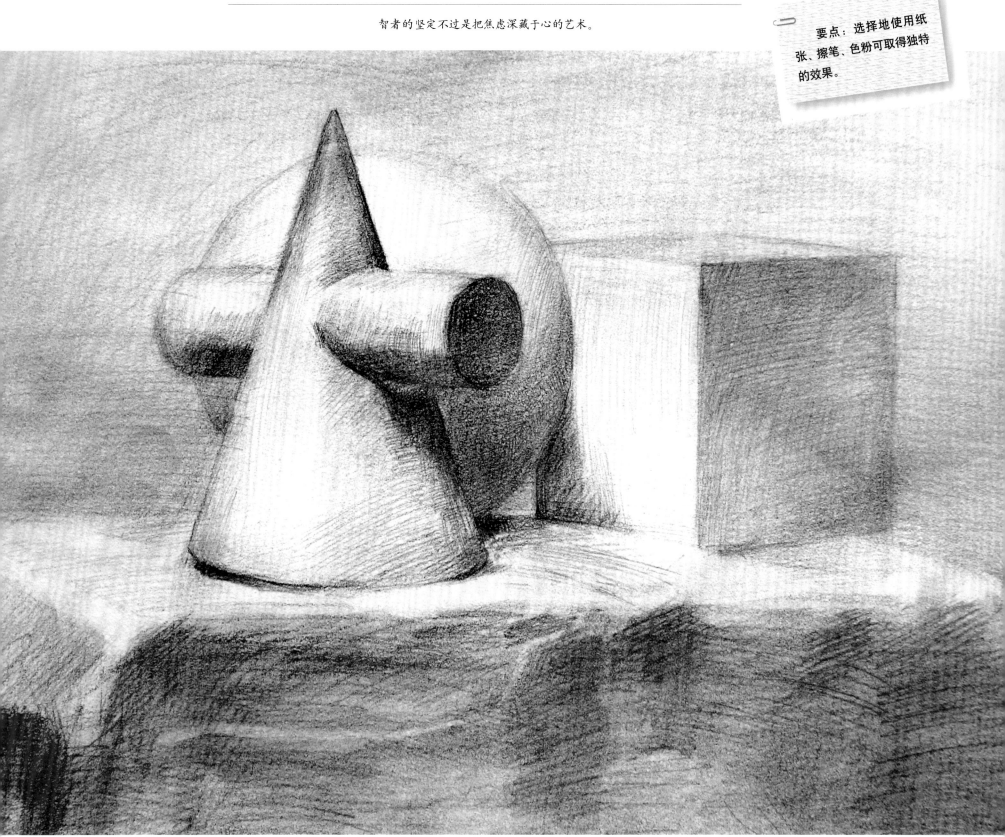

邓博仁 作

步骤四：

对画面进行局部调整。注意背景和物体之间的主次关系，使画面更加紧凑、强烈。

步骤一：
　　观察物象，安排好画面的构图。用长直线画出几何体的比例及组合关系，用线轻一些，但要肯定果断。

步骤二：

概括地画出几何体的明暗关系，同时画背景，可使其显得更加洁白，并具细腻的质感。

步骤三：

进一步深入地刻画物体，使其明暗层次更加丰富，质感、量感更加充分。要注意台布的柔软与石膏几何体的坚硬形成的对比效果。

绘画应在现实生活中汲取灵感。

步骤四：

画石膏体，在交界线处进行强调，使质感更坚硬。

步骤五：

　　调整完成画面，使其如同眼睛所看到的一样真实，但又要注意艺术地概括处理。

人生犹如一本书，愚蠢者草草翻过，聪明人细细阅读。为何如此，因为他们只能读它一次。

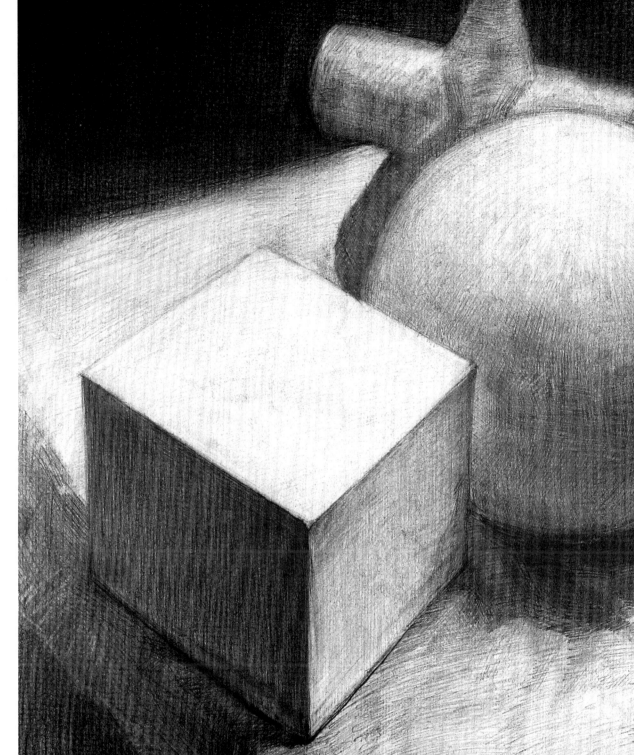

俯视的构图，给人耳目一新的感觉，不是那么平淡无奇。光源在画面上显得很统一，白色的衬布与黑色的背景形成鲜明的对比，使画面的冲击力更强。

王超 作

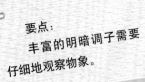

要点：
丰富的明暗调子需要
仔细地观察物象。

只有艺术和科学能提高人，人才可以到达神圣的高度。

此幅作品黑白灰关系明确，线条柔
和、细腻，很好地表现了石膏的质感，
画面空间感强，衬布画得也很到位，明
暗交界线与投影处理得恰到好处。

要点:
用铅笔先软后硬,可使
石膏画得细腻。

艺术是高尚情操的宣泄。

这幅作品作者下了很大功夫。亮面、灰面、暗面的关系处理得很好,使物体有很强的空间感,物体的一个小破损作者也画了出来,微妙地处理使画面更加生动,但要防止画面的琐碎感。

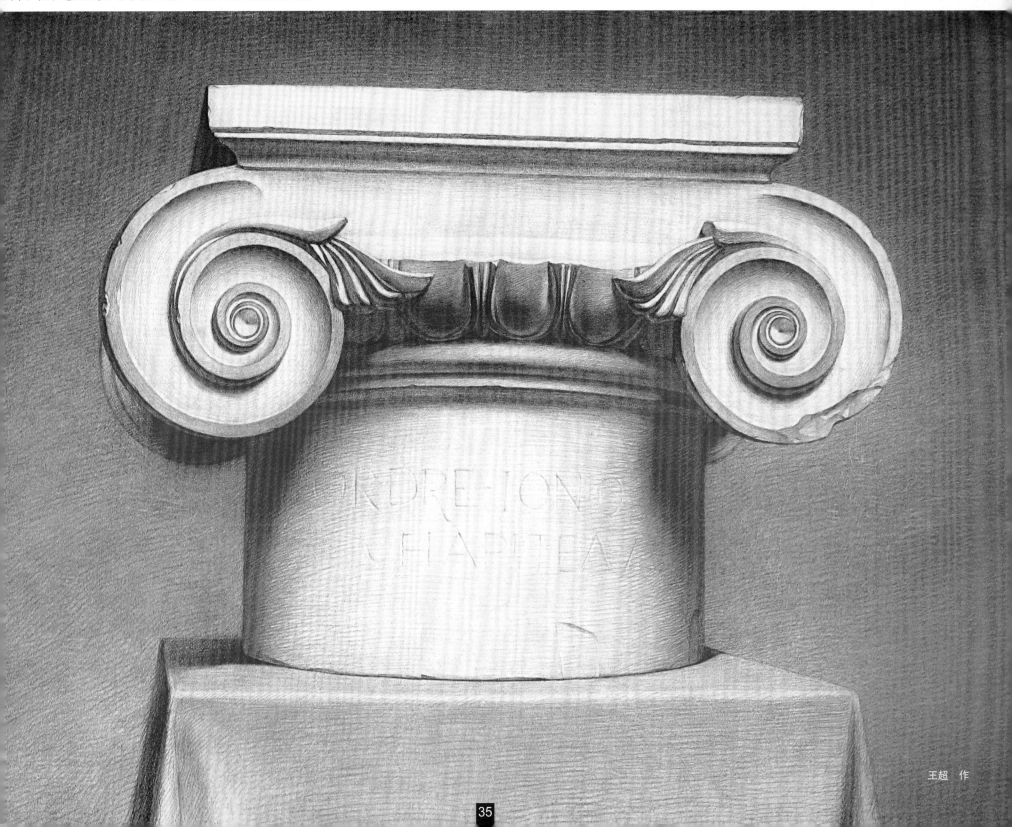

王超 作

邓博仁　作